Une couronne à ma porte

Poètes des cinq continents

En hommage à Geneviève Clancy qui l'a dirigée de 1995 à 2005.
La collection est actuellement dirigée par Philippe Tancelin

La collection *Poètes des cinq continents* non seulement révèle les voix prometteuses de jeunes poètes mais atteste de la présence de poètes qui feront sans doute date dans la poésie francophone. Cette collection dévoile un espace d'ouverture où tant la pluralité que la qualité du traitement de la langue prennent place. Elle publie une quarantaine de titres par an.

Dernières parutions

748 – Abdi Ilmi ACHKIR, *Dans les bras nus du khamsin,* 2020.
747 – Éric SCOTTO D'APOLLONIA, *Ce qui bat,* 2020.
746 – Julien RANSON, *A tout ce qui fut le chant d'aube et autres poèmes,* 2020.
745 – Juan MARCOS , Poésie du matin , 2020
744 – Colette WITTORSKI, *L'immensité des liens*, 2020.
743 – Jean-Louis KERANGUEVEN, *La grande eau verte du poème. La granda aiga verda del poema,* 2020.
742 – Ben Ali SAINDOUNE, *Parlez vent, mes amis* suivi de *Le quart d'un nocturne abîme,* 2020.
741 – Dominique VITAL, *Le bruit et la rumeur* suivi de *Lire l'Ire*, 2020.
740 – Soisik LIBERT, *Un Dragon sur la Cimaise,* 2019.
739 – Jean-François MÉNARD, *Prés à lune et autres lieux*, 2019.
738 – Damien BERDOT, *Adieu à des lieux ayant résisté à une étude assidue*, 2019.
737 – Germain DROOGENBROODT, *La Voie – Le Tao*, 2019.
736 – Alain HOAREAU, *Le jour opéra*, 2019.
735 – Simon-Gabriel BONNOT, *À une géographe mexicaine*, 2019.
734 – Raymond MAGNANT, *Quand peinent les oiseaux*, 2019.
733 – Pier BERTRAND, *Libre cours. Tome 2*, 2019.
732 – Pier BERTRAND, *Libre cours. Tome 1*, 2019.
731 – Jean-Claude PIERRE, *La traversée du jour ou De l'architecture des ponts*, 2019.
730 – Elio DELLA NOCE, *Poésie hypophysique*, 2019.
729 – Ali Abdulla Khalifa, *Un pays grand comme l'univers*, 2019.
728 – Dana MUTIU, *Souffle*, 2019.
727 – Philippe TANCELIN, *Ce qui ne sombre pas... (Sentes et contrechamps)*, 2019.

Irène Shraer

UNE COURONNE A MA PORTE

L'Harmattan

DU MEME AUTEUR

L'Absence, 1991, Caractères

Ma Longue Nuit, 1992 Caractères

Ce que raconte le vent, 1994 L'Harmattan

Vers le Pardon, 1995 Gil Vern

Ils ont vu les voix, 1996 l'Harmattan

Conversations avec l'oubli, 2000, l'Harmattan

Isténis, 2005, l'Harmattan

Ton ombre est ma lumière, 2019, L'Harmattan

5-7, rue de l'École-Polytechnique ; 75005 Paris

http://www.editions-harmattan.fr

ISBN : 978-2-343-20709-4

EAN : 9782343207094

Seuils
Lieux de passage
Lieu de transition
Lieu de transformation
Parfois de transfiguration

Il n’y a pas de seuil
Sans linceul

Dieu vient quand on lui ouvre la porte.

Les rêves se cachent dans des boîtes
La nuit venue ils percent de trous le couvercle
Pour se glisser sous ton oreiller
Et venir un à un
Faire des arabesques
Dans la voûte
De ton sommeil

Au matin ils s'envolent
Et retournent dans le coin du ciel
Illuminer les chérubins
Entrés par les portes du songe
Les nuages leur servent d'écrin

Le portique de l'azur garde tes rêves
Ils redescendront adoucir les nuits
De ta chambre obscurcie
Tapissée de moire
Ils laisseront l'empreinte
Du temps qui fuit.

Une porte fermée
Une barrière cadenassée
Un cercueil scellé
Un placard condamné

Dans ce qu'ils enferment
Ou dans ce qu'ils laissent à imaginer
Dans leur invitation
Ou dans leurs promesses
Dans l'espoir qu'ils donnent
Ou dans l'injonction au silence qu'ils imposent
Ils trônent comme des maîtres

Demanderas-tu
Qu'on descelle avant l'aube
Le langage qu'ils enferment
Afin de laisser échapper
Le chant des hommes
Retentissant dans le silence
Pour léguer le sceau indélébile
De la couronne aux spinules d'argent
Dards de feux ravageurs
Qui se nourrit de sépulcres blanchis dans les nuits.

Sous la voûte des astres éthérés
Les portails de l'histoire s'ouvrent
Laissant apparaître des madrépores
Dressés comme des matins brillants
Alignés en parades sidérales
Aux ordres d'une voix
Éparpillant sur le sable ses étoiles
Rattrapées par l'orchestre des vents
Qui caresse les pierres
Ride la surface lisse des ergs
Et laisse flotter la musique envoutante du passé

Il creuse le souffle des civilisations
Fredonne les épopées
Des personnages à moitié inventés
Aux chlamydes drapées autour de corps intouchables
Des sculptures blanches éclatantes
A jamais figées
Dans des postures olympiennes
Que nos lèvres effleurent en récitant des poèmes

Le regard de l'enfant les scrute
Rêvant à des destins identiques
Les héros de leurs histoires aussi
Sont éternels et invincibles.

Bientôt dans la porte de ton cœur
Se glissera une autre porte
D'un autre cœur
Tu tenteras de construire la terrasse suspendue
Qui unira vos désirs
Un passage secret que nul n'empruntera
Excepté toi et l'autre que tu auras choisi

Des fils d'or emmailloteront les mots
Que le rouet aura dévidé sur la pierre
En dessinant sur les parois friables
Des esquisses aux pigments minéraux
Que des gardiens rendront éternels

Ils te serviront de marches
Pour te mener jusqu'aux seuils du zénith
Là où tu déposeras les questions
Que tu ne voudras plus poser.

Une nuit
Emportant mon ballot avec moi
Je me suis envolée
Vers un pays chantant
Où les vents étaient des instruments
Déversant leurs charmes comme une pluie d'astres
Et la mélodie coulait sur les toits
Les fumées des cheminées - effluves de parfums -
Enroulait de leurs volutes
Les portes des jardins
Les fleurs qu'enrobait l'air frais
Faisaient danser leurs corolles ainsi que des serpentins
Attirant vers elles les passants égarés
Les troncs secs couchés
Soldats vaincus au cours d'une antique guerre
Dressaient une herse que je franchissais avec légèreté
Au réveil
Les murs de ma chambre étaient éventrés
Et mes draps étaient suspendus à la fenêtre ouverte.

Sur les dunes de mon souvenir
Régnait un enfant-roi
Un courant chaud l'enveloppait
Et des théâtres s'ouvraient sur d'autres dunes
Encore du sable que le vent décoiffait
Dans un soupir long et musical
De vieilles racines s'écartaient sur son passage
Ainsi que des vantaux
Pour découvrir plus loin
Les vestiges de sanctuaires
Éclatant sous le soleil

L'enfant-roi désignait de son index
Les vasques
D'où jaillissait l'eau improbable
Des fleuves de l'Eden

Sur le pas du huis doré
Il s'engageait inquiet
Et rencontrait
Tels des mirages ambrés
Les géants bibliques
Dans des manteaux de lin
Des cannes à la main
A contre-courant des vents
Le regard clair et pénétrant.

La grille qui s'ouvre à droite
Te mène vers la savane
Où les hauts fourrages verts
Savent cacher nos rêves
Tu penseras aller vers le lointain
Et tu te retrouveras
A la porte de ta maison
Là où tu as oublié
De répandre tes ardeurs

Il sera bon alors de t'arrêter
De frapper à cette porte
Et d'y demeurer pour y donner
Les étreintes mal gardées

Le portail de gauche ouvre sur le tumulte du port
Ceux qui fabriquent des bateaux
Et ceux qui voyagent dessus
Les faiseurs de rêves
Et ceux qui les réalisent
Ceux qui parlent dans le désert
Pour s'accomplir
Et ceux qui marchent dans le désert
Pour s'enfuir

Quelle porte emprunteras-tu ?

Où est passé Grand-Père ?
Hier encore j'étais avec lui
Pour jardiner sous la pluie
Il m'a montré ses outils
Et puis il a souri
Comme s'il pensait à Mamie
Nous nous sommes assis
Il m'a raconté sa vie
Il m'a dit des mots que je n'avais pas appris
Il me les a éclaircis
Et aujourd'hui

Les grilles du Ciel il a franchi
Pour aller dans un autre Jardin bien à lui.

Que transportes-tu
De si lourd
De si gros
Où vas-tu
Trimballant des kilos de pierres
Que tu portes aisément
Légers comme le souffle
Dis-moi ce que tu portes là
Qui traîne sur le sol
Et que tu fais glisser négligemment
Entre les cailloux et les orties

Tu regardes au loin
La cheminée fumante
Qui fait flamber ton regard
Dis, que tires-tu
De tes bras d'enfant ?

Tu charries ce ballot
Comme on porte son histoire
Pesamment et mollement à la fois
Même si tu t'arrêtais
Personne ne voudrait t'alléger
Ce fardeau t'appartient

Tu accèderas bientôt
A cette porte mystérieuse
T'y arrêteras-tu ?
Déposeras-tu ta malle ?
Y as-tu fourré tout ce qui t'est précieux ?

Arrivé à la porte
L'enfant pose son bagage
Il frappe trois coups de son poing
Personne ne vient
Il repart le sac à la main.

Des labyrinthes
Des portes se succèdent et se ferment
Complicités ostentatoires
Des maîtres du lieu
D'autres issues s'ouvrent sur des couloirs
Éclairés par des touches de feu
Crachant sur le visage des intrus

Les marches m'ont emportée loin
Trop loin
Dans un lieu d'où je pensais pouvoir échapper comme l'air
Où je pouvais élever mon regard
Je me suis égarée
Dans les galeries éclairées d'ampoules sans éclat
Et d'inutiles orifices
Le mystère voilé de l'inconnu
Je me suis perdue dans les grottes du langage.

Des sentinelles
Une torche fumante

Des voiles volant en torsades autour des vents
Des crinières ébouriffées

Des portes qui grincent
Des grillent qui battent

Le majestueux majordome
Marche au pas
Autour du jardin
Veilleur de nuit
Aux lampes phosphorescentes

Il veille un enfant qui sommeille
Au pas de la porte
Dans son baluchon posé près de lui
Se trouve tout ce qu'il possède
Une toupie
Une photo écornée et vieillie
Une fourchette d'argent
Et une arbalète

Il sommeille
S'abandonnant aux ailes berceuses des anges

Il reprendra la route demain
Quand le veilleur s'en sera retourné
Au sommet du réverbère éteint.

L’homme finit de clouer son nom sur la porte de sa
demeure
Il essuie la sueur du labeur
Il a construit pierre après pierre
Le logis où viendront se lover
Les petits êtres qu’il n’a pas encore eus

Hier
Il n’avait pas de nom
Il l’a inventé ce matin
Pour donner à ses jours
Les jambes d’un lendemain
Qui défilerait entre les arbres et les hommes
Il a placé l’âtre de pierre
Il a imaginé là les balançoires
Il a construit
L’immense portique enluminé de lettres volatiles
Qui iront rejoindre par temps maussade
Leur vol sur les songes émaciés.

La sentinelle se tient à l'orée de la forêt
Elle veille et inspecte le passage
Des clandestins fuyants
Vers le monde fourni et obscur
De ce qu'ils nomment
Liberté

Elle contrôle les espaces
Surmontés de branchages lourds
Clairsemés de pointes de lumière
Que le soleil traverse

De l'autre côté les maisons
Les hameaux
La multitude de vies grouillantes

La sentinelle contrôle.

La marée hausse le ton des peurs
Une vague comme une muraille
Bondit et fractionne le ciel
Des croyances anciennes

Gronde la mer
Grondent les vents
Grondent les huis
Leur grincement
Brise la puissance gigantesque du silence

Une porte vers le ciel nu
Ouvre mon cri abyssal.

L’alarme stridente annonce
Que les portes vont se refermer
La litanie des roues métalliques sur les rails
Avale les stations les unes après les autres
Chaque nom est un appel
Vers l’évocation nostalgique
Arts et métiers nous plongent
Dans l’atelier assidu
D’où sortiront des œuvres ciselées
Charles de Gaulle étoile
Nous fait imaginer que le général s’est transformé en astre
Parmentier où la gourmandise et l’attrait du dîner
Ouvrent l’appétit d’un gratin
Jasmin nous offre le parfum des jardins imaginaires
Les portes s’ouvrent et se referment automatiquement
Les stations du métro sont des couloirs vers le rêve.

Le Palais de justice repose tel un géant que rien n'effraie
Le Palais de la Justice habillée de voiles blanches
Une main recouvre ses yeux
Le Palais est fermé par un pont
Un pont que les gardes ferment une fois le soir venu
La Justice sommeille quand les gardes sont partis
Elle se réveille parfois la nuit
Embrouille les cartes abandonnées sur les tables
Elle scrute l'horizon noir
Et se déshabille devant son miroir
La Justice attend parfois l'aube qui tarde à se lever
Elle s'endort quand les gardes reviennent
Et se laisse admirer à travers la porte
Comme une dépouille
Que l'on aurait de la peine à éveiller
Elle s'entête à paraître endormie
Quand les autres bataillent.

Tu as ouvert ton âme
Le jour où les feuilles des arbres
Ont tressé des notes autour de toi
Lianes qui se faufilaient aussitôt
Entre les vitres entrouvertes
Tu les recueillais dans tes paumes
Et les buvais
Une eau qui étanche toutes les soifs

Tu as suivi la corde
Elle t'a mené au-dessus des montagnes
Jusqu'au berceau du ciel.

Tu restes sur le pas de la porte
Sur le paillasson
Tu n'entres pas
Tu gardes les portiques ouverts
Le mystère des couloirs
L'énigme des trains qui roulent à toute vitesse
La magie des sacs de voyage emplis à la hâte
Tu restes là à demander
Vers quel ailleurs les ailes de la déraison
Te porteront

Mais
Entre
Je te donnerai la chaleur de mon regard
La coupe de l'humain
Où nous avons trempé nos lèvres
Entre
Recouds avec moi la ceinture qui nous enserre dans un
même destin.

Mille ans de ruine
Couronnent ton regard
Le vent a traversé ces lieux
Les preux ont marché sur ces sols
Leur prière a agité le souffle de la nuit
Leurs idées ont ébranlé les croyances

Mais toi
N'attends pas sous l'arcade de tes pères
Ils n'y sont plus
Et même si tu as oublié leurs noms
Leurs ombres persistent
Qui espèrent que tu les vivifies
Que tu les transportes
Que tu les transformes
Que tu t'empares de leur bâton
Et que tu enjambes le seuil du portique
Pour faire couler le miel de leur victoire.

Pas-de-porte à céder
Ils cèdent à qui et pourquoi ?
S'il n'y a pas de porte
Qu'ont-ils à céder ?

Les portes ne se cèdent pas
Elles nous aident à franchir
Et à passer leur pas

Les portes ne cèdent qu'aux poignées
Que l'on force
Pour découvrir le noir secret des hommes
Leur ressemblance avec les mâts des bateaux
Ils se dressent avec dans les yeux
Des lances qu'ils jettent
Aux cieux
Et se lamentent quand ils ont bu
Prêts à se noyer
Dans le fond sombre de l'océan.

Le sas entre ma chambre et le salon
Est sombre
Je peux sortir de ma chambre
Entrer dans le sas
Et pénétrer au salon où ma famille m'attend

Ma chambre me retient
Ce sas m'effraie
Comme une mine noire
Que la nuit aurait creusée

De l'autre côté il y a eux
Eux ce n'est pas moi
Le sas entre eux et moi
C'est un monde
Où je ne veux pas entrer

Je voudrais bien boire la vie avec eux
Regarder le ciel du soir s'assombrir peu à peu
Mais mon cocon c'est ma chambre
Et j'ai fermé ma porte.

Le portail de l’école est peint en vert
Il est lourd et haut
Surmonté d’une tête de lion
Les poignées sont en or
Les enfants y entrent comme des abeilles
Aspirés par le souffle fécond de l’esprit
Puis la porte se referme
Et l’on n’entend que le chant des oiseaux
Venus accompagner l’étourderie des enfants.

Une porte claque
Une femme dévale les escaliers en faisant sonner ses talons
Un homme fume nerveusement sur le petit balcon
Un enfant n'a rien entendu et continue de jouer
Le temps s'est arrêté

Que la rancune est verte
Quand les ongles la déchirent
Et laissent s'épandre
Le liquide opaque du remords
Mais au cœur de l'algarade
Persiste une braise d'amour
Qui demande à brûler
Ou tout juste à exister
Par nécessité
Pour relacer d'un brin d'espérance
Les images sombres de l'instant.

A quel endroit de la ville t'es-tu arrêté
Pour t'asseoir et réfléchir
Laisser la voix en toi
Remplir ta gorge de plaintes
Et de regrets

Le cliquetis de la porte
Quand tu as quitté ta maison
Refoulant ton passé
D'un coup de clé
T'a cadenassé le cœur
Tu revoyais l'enchantement
Du jour où tu es parti
Avec dans la tête des rêves
Pour retrouver tous ceux qui étaient partis avant toi
Et ne sont jamais revenus
La lumière de tes yeux illuminait
Le chemin incertain que tu allais prendre

Arrivé à l'autre porte
Tu as frappé
Ils ne t'ont pas reconnu
Ils t'avaient remisé dans le tronc creux d'un arbre
Qui les ancrait à leur terre

Et tu as rejoint ce banc
Témoin des remords qui se répandent.

Tu m’es apparu à la fenêtre
As frappé à la vitre
Je t’ai laissé suspendu au carreau transparent
Remuant comme les herbes au vent
Je t’ai laissé sur le rebord
Ainsi qu’un pot de fleurs qui attend son eau

Les rideaux j’ai baissés
Je n’aperçois plus le bleu du ciel
Dans lequel tu versais tes agates
Grondant comme le tonnerre aux premières pluies

Il ne restait plus que la nuit
Avec son bouquet d’étoiles
Pour m’habituer à regarder
A travers les trous de tes oublis
Et seule
A nouveau seule
Derrière la porte qui nous sépare.

Tu es assis sur un banc vermoulu faisant face au parc
Les promeneurs distraits avancent sur les sentiers
Souliers cirés ou souliers déchirés
Chaussures à talons ou chaussures de sport
Leurs marches sont le miroir de leurs âmes
Ils marchent vite ou lentement
Certains claudiquent ou glissent indifféremment
Ils ne s'arrêtent pas
Près de tes chausses
Qui ont foulé tant d'autres chemins
Sans jamais sembler se faner.

Les magasins avalaient leurs clients par la porte transparente
Tu t'es posté là ce matin
En mâchant des histoires
Que personne n'entend
Ballet ininterrompu de gens qui entrent et sortent
Sans croiser ton regard
Dans lequel ils auraient pu voir
Les océans
Les barques glissant sur le lac
Sur lequel tu déverses tes visions
Tes insultes aussi
Une conversation improbable et nue
Avec tes chimères et tes désillusions
Mais ils passent
Tu te lèves
Toi le déchaussé
Tu pars.

Comme chaque jeudi il descend la rue Mouffetard
Coiffé d’un chapeau élimé et déformé
Il marche d’un pas résigné et pressé
On ne parvient pas à distinguer
Dans son regard mouillé
La part du rêve et du renoncement
Malgré sa foulée vive
Il ignore où ses pas le mènent
Parfois il voudrait avoir un rendez-vous
Même une convocation au Tribunal
Pour pouvoir dire « je suis »
Parfois il a envie d’imaginer les bougies
Sur la table du salon
Mais rien dans cette élongation des jours
N’arrive à une porte qu’il pourrait ouvrir
Pour prendre place dans un fauteuil au cuir encaustiqué
Voluptueuse oisiveté
Il glisse cette image dans la poche de son veston
Entre ses lunettes et son stylo
Et poursuit son chemin incognito.

Le fleuve charrie vers l'oubli
Les désirs les souvenirs les rêves
Dans un courant indifférent
Jusqu'à ne plus les apercevoir
Jusqu'à les perdre

Le fleuve à sec roule ses dernières gouttes dans un lit de misère
Solitaire et pitoyable
Qui aurait asséché les élans
Et rendu inutiles les louanges faites au jour naissant

L'eau abondante ou appauvrie
Emporte douleurs
Absences
Deuils
Dans un murmure chantant et régulier
Ou dans une plainte

Il ne reste qu'à modeler de nouveaux rêves d'argile
Pour les transporter ailleurs
Vers une autre galerie des mémoires
Où l'aube surplombe la terre
Où la lumière envahit la chambre
Là où les oiseaux s'endorment
Quand la lune se noie
Agitant l'eau du puits

Et nous aurons apaisé notre colère
Dans un cri de rapace effrayé.

Elle était assise sur les marches du porche
Les cheveux défaits et le regard absent
Comptant les tout petits cailloux
Ramenés par le vent
Elle est assise comme le sujet d'une toile
Sans presque bouger
Seulement les doigts de sa main droite
Offrant le profil de son corps
A peine tourné vers son passé
Que le vent ébruite lentement.

L’arc de pierres rendait l’atmosphère encore plus chaude
Lui à la chevelure hirsute
Portait d’épaisses lunettes aux verres embués
L’autre au regard clair protégeait son visage d’une visière élimée
Comme des figues ridées leurs visages
Le temps avait l’air d’étirer leurs corps fatigués
Leurs pas allongés enjambaient les pavés inégaux
Les plis du silence se refermait sur eux
Ils marchaient côte à côte
De la Porte Maillot à la Porte Dauphine
Quelques mètres pas plus
Qui les sépareraient à tout jamais
C’est là
Exactement au milieu
Qu’ils se tournèrent le dos
Emportant chacun les morsures d’une passion
Que la mort n’achève pas.

La fenêtre laissait passer la chaleur du foyer
La porte ne laissait entrer que les gens du foyer
Une tarentelle de jupes et de robes froissées
Ensemble suranné d'images
Associées je ne sais pourquoi
A des années de joies et de volupté

Entre les carrés blancs et noirs du sommeil
Le récit ajouré des batailles
S'estompait sous la douceur suave de ta voix
Et reprenait la musique antique des élégies
Qui berçaient en cadence nos vies rêvées
Au milieu d'une ruine d'écheveaux emmêlés
Et renaissait alors la flèche
Qui accrochait au ciel nos dentelles.

Les murmures des branches au vent exposées
Racontent les causeries
Menées dans leur ombre
Les arbres ont la mémoire inassouvie et folle
De ceux qui s'y abritent
Contre le soleil ou la pluie
Les bancs ne sont pas là par hasard
On les y a fixés pour qu'entendent les arbres
Les conversations des hommes
Qu'ils s'en imprègnent ou qu'ils s'en moquent
On revient toujours à ces socles millénaires
Qui accumulent et archivent les histoires
Sans jamais révéler leurs fibres profondes
Témoins bienfaisants qui veillent
Tant que la paix du soir ne tombe pas
Sur les secrets agités au fond de leur souche.

Femmes aux yeux doux et fuyants
Femmes d'un autre temps
Elles passent et nous oublions de leur donner la main
Elles passent et nous ne retiendrons d'elles
Que le regard d'un moment
Dans l'embrasure d'une porte fermée à la hâte

Plus tard c'est le regret de n'avoir pas retenu
Leurs doigts agrippant l'anse de leur sac
Ou le battement timide de leurs cils épais
Ou même le sourire caché dans le plissement des lèvres

Et la durée du temps élague leur image
Et la douce prunelle reste comme un fanal illuminant le rivage
Pour que viennent s'échoir les barques du repentir
Qui avait effacé leurs noms

Bienheureux les marins qui ne voient pas passer l'hiver.

Le fauve
La bête
Qui en nous sommeille
Prendra-t-il un jour le large
Pour se laisser distraire
Ou s'apprivoiser
Se laisser dompter par la beauté d'un après-midi
d'automne
Par le murmure de la rivière
Le bruissement des arbres
Les couleurs rouges du couchant

Le fauve
La bête
Surgiront un soir
Quand la table mise
Il n'y aura plus de jour à attendre
Plus d'amour dans la pénombre
Et le cri meurtri de celui qu'on abandonne
Rugira dans les ténèbres de la nuit
Arrachant avec lui les tentures de l'espoir.

Soudain dans une bourrasque il prit son manteau
Pour aller ailleurs
Son manteau dont les poches sont bombées
De multiples résidus de vie
De tickets et de papiers
De bouts de lettres et de programmes de concerts
Des débris en tous genres
Son manteau est un passeport pour l'inconnu
Là où la nuit fait place aux doux sons du réveil
Quand les cloches sonnent le retour
Des marins repus de soleil et d'embruns
Et qui après avoir mis pied à terre
Ne rêvent que du voyage à venir
Entre les lames d'acier de l'océan agité.

Aujourd'hui est un jour qu'il ne faut pas gommer
Dans le livre où tout est consigné
Le mettre entre deux pages
Bien aplati
Étalé
Dans un dictionnaire aux mots ennoblis
Parce qu'ils sont rarement émis

Aujourd'hui sera remisé entre la lettre A et celle qui suit
A moins qu'il ne choisisse de se mettre après la lettre Z
Là où tout finit
Là où nous enterrons
Nos voix éraillées à force d'avoir crié.

Péristyle majestueux au-dessus de nos têtes
Une arcade antique sculptée
La ballade s'annonçait féconde
Et puis il y a eu cet orage
Qui nous a précipité sous le porche
La réalité est devenue plus belle
Que n'importe lequel des voyages
Qui m'habitaient la nuit
Tes paroles comme une brise matinale
Étaient si envoûtantes
Que je me suis sentie une tige
Que l'on cueille délicatement
Après en avoir humé la fleur
Et l'horizon s'était éclairé
Et agrandi plus encore
Au point qu'en lieu de pluie
Je ne vis qu'une ondée d'étoiles.

Tu as couru pour ne pas laisser passer ton train
Tu as lâché mes doigts
Tu m'as quittée
Comme on laisse choir un journal déjà lu
Tu es monté dans ce train
Et à ta main qui esquissait un salut
J'ai compris que je ne te reverrai plus.

Quand nous nous arrêtons devant cet antique portique
Il fait déjà chaud
Tu me tiens par la main
Et je regarde ailleurs
Par négligence ou par pudeur
Ou peut-être parce que les reliques te distraient de moi
Ce que je recherche plus que tout
Ce sont tes mots pour moi
Nous sommes sur des chemins parallèles
Et nous ne le savons pas
Pas encore
Notre échange n'est pas plus ténu qu'un fil
Cassant
Cassable
Et nous le maintenons solidement pourtant
Aveuglément.

Je te verrai entre deux portes…
M’as-tu dit l’autre jour
Où mènent les portes dont tu parles
Et pourquoi veux-tu que nous ne franchissions ni l’une ni l’autre
Quel est cet entrelacs que tu me proposes
Une porte vers la promesse
Et une autre vers le refus
A moins que ce ne soit une porte du passé et l’autre vers l’à-venir
Et si cet entre-deux était par lui-même
Le lieu des possibles
L’espace où tout se joue
Un lieu innommable parce qu’infini
Mon cœur s’était remis à rêver…

Le mot est tombé
Comme le couperet d'une guillotine
Tu m'as dit « que le diable t'emporte »
La morsure de cette phrase
A entaillé mon cœur
Si le diable devait m'emporter
Il devra me tirer
A moins qu'il ne dût me porter
Pour me mener vers le noir le sombre l'obscur
D'un autel offert à Eurydice
Comme si te quitter n'était pas assez fuligineux
Comme si ma vie ne s'était pas assez assombrie
Du fait de ta séparation
Telle une buche qui noircit au feu.

Les deux battants de ce bar américain
Portaient les empreintes de milliers de doigts qui les avaient poussés
Une sorte d'anthologie de sentiments divers
De ceux qui s'y réfugient
Certains dans la joie d'un rendez-vous
D'autres dans la torpeur d'une rupture
Quelques-uns dans l'attente d'une rencontre

Ce que les portes ne racontent pas
C'est qu'elles sont des passages entre deux corps
Qui ne se retrouvent pas
Ou qui s'allongent pour passer en-dessous.

Devant la porte du magasin de fleurs
Tu m'as dit de t'attendre
La caresse des parfums venait jusqu'à moi
Pendant que je plongeais
Dans une sorte d'abandon heureux

Les fleurs sont les robes des mots du langage
Que tu ne parviens pas toujours à prononcer

Et puis tu es ressorti avec un bouquet improbable
D'un autre rivage que je ne connaissais pas
Et je me suis mise à l'effeuiller
Pétale après pétale.

Ils s'en vont
Marchant en claudiquant
Leurs têtes vacillent
Puis soudain s'immobilisent
Cherchant une idée ou un souvenir
D'un être
Qui leur revient
A travers
De travers
Cheminant dans les transferts des trains
La fumée les a effacés
Le gris de leurs manteaux élimés
Les a recouverts
D'une brume allégée comme leurs âmes
Qui voguent
Depuis
Encore
Ils ne retrouvent pas le chemin qui les a séparés
Ils veulent retenir les itinéraires confus
Qu'ils n'ont plus la force d'évoquer
Ils s'assoient
Et se retournent sur leurs parcours déjà estompés
A demi oubliés
Leurs dos voûtés éliminent la douleur
Ils renferment dans leur poitrine exiguë
Les images qu'ils ne peuvent plus évoquer
Elles s'éloignent alors que le soleil se couche
Et ressurgiront plus loin
Encore
De travers
Qui se gomment et s'éclipsent
Plus moyen de les retenir
Elles partiront avec eux.

Tes paupières closes enferment la douceur de l'aube
Une raie de lumière au-dessous de la porte
Caresse nonchalamment ta peau
Recouverte du voile pudique de tes secrets
Un seul mot romprait le cristal de l'air
J'aimerais le prononcer
Ce mot
Le dire
Ou le crier
Pour que s'effondrent toutes les tuiles du toit
Que se brisent toutes les coupes
Restées transparentes
Car nous n'y aurions rien bu.

La lumière ne meurt pas
C’est l’ombre qui grandit

Ce qui ne s’expose pas se dévoile
Peau après peau
Croûte après croûte
Aurore après aurore
Telles des alluvions sous une tempête
Où les terres glissent
Et font apparaître le cœur
Battant comme au premier jour.

Ici la porte de l'horreur
Dès qu'ils l'avaient franchie
C'est la mort qui guettait
Ils ne savaient pas pourquoi
Mais ils flairaient le désastre
A partir de ce seuil
Plus rien ne pourrait les secourir

Les morts ne meurent pas
Ils sont éternels
Ce sont les vivants
Qui meurent de leur absence
Ils vivent par l'empreinte
Qu'ils ont laissée dans nos vies
Ils nous manquent
Parce que nous ne leur avons pas donné le temps
Le temps leur appartient.

C'était devenu un langage
Un chant même
Familier et apaisant
Le gazouillis d'un oiseau
Le balbutiement d'un bébé
Les portes grincent quand on les ouvre

Leurs serrures dans un écrin sombre
Ne s'endorment jamais
Elles gardent en leurs seins huilés
Les joies du retour
Les hésitations
Les craintes
La complicité des amants cachés
Exhalant parfois les doux parfums enfermés
Révélant aux indiscrets
L'image des bois se consumant lentement
Dans la douce pénombre de tes bras.

Les démunis ramassent les vieux journaux
Délaissés aux portes des cafés
Pour s'en faire un oreiller
Ils voudraient que naisse la lumière d'un jour
Dans leurs paumes de mains
Qu'ils mettraient à leurs oreilles
Pour écouter les rires légers des enfants

A travers les vitres
Ils regardent la chaleur des tasses fumantes
Ils hument l'effluve des omelettes
Leur vie passe à trouer de leurs regards
Les vitrines où s'étale la folie des autres

Leurs lèvres deux lignes tracées sur le mutisme
Où se noient leurs cœurs tendres.

Une porte
Ouverture pratiquée dans un mur
Pour y entrer ou en sortir

Que s'est-il donc passé hier
Quand un homme se trouva coincé dans la porte
Terrassé
Sans pouvoir ni entrer
Ni sortir
Tous les oiseaux et tous les lutins
Tous les anges autour de lui
S'étaient envolés
Une main une seule
Gigantesque
A tenté de le saisir
Au milieu de la marée bruyante des gens
Et quand elle l'en extirpa
Elle le jeta
Au-dessus du monticule qui attendait déjà
Le silence alors se fit monstrueux dans la rue.

La corniche surmontait une porte massive
Qu'un homme poussa sans difficulté
Un peu hispide habillé négligemment
Il retrouva la mémoire
Des airs connus
Rythme et saccade
Les gens dans ce bar
Chantaient
Avec dans les yeux
Un écran de regrets
De tout ce qu'ils n'ont pas réalisé
Des femmes qu'ils ont laissé passer
Des enfants qu'ils n'ont pas su retenir
Des larmes qu'ils n'ont jamais laissées couler
Ils chantaient
Heureux d'avoir entrevu le sel
Des instants éphémères
Et l'homme chanta avec eux.

Les vantaux de la ville se sont ouverts
Bruit de rouille car on les avait scellés
Comme une promesse

Dès lors
La lumière disparut
Mugissement de la bête
Dans les ténèbres
Accrochés au sommet des peupliers
Les corbeaux endeuillés
Choisissaient une proie
Qui encenserait les dieux

Les Portes de Janus étaient jadis fermées
On les ouvrit
Aux mendiants
Aux hères
Aux refugiés
Un grand coup de vent les a fait claquer
La cohue
Secousses désordonnées
Remous tapageurs
Ruées tonitruantes
Les portes se sont ouvertes
Et a brisé le cœur des hommes.

Les choses que l'on ne dit pas
Se blottissent en-haut des murs
Elles attendent

Les pensées que l'on n'a pas eues
Font résonner les cloches
Et les poings pour les crier aux portes
Tambourinent sur nos douleurs

Les vérités ne sont que sornettes
Quand elles sont dites pour nous endormir.

Je rapporte les rumeurs des gens qui pensent
Des autres
Seule je n'ai pas d'idées
Je me nourris de celles des autres
Beaucoup plus brillantes que les miennes
Les caresse
Les dompte
Les adopte
Puis les ayant bien usés
Je les jette
Non pas dans une vulgaire corbeille
Mais je choisis le regard vide d'un passant
Pour les y dissimuler
Pour qu'il les use aussi
Et puis j'en cherche d'autres
Chez d'autres passants.

Je me suis résolue à faire
Du porte à porte
J'ai sonné
Frappé
Appelé
Je t'ai cherché dans l'ombre que faisait au plafond ton absence
J'ai secoué les branlantes
Indiscrètement j'ai surpris des foyers
J'ai regardé dans les boîtes les courriers
Que tu aurais pu m'envoyer
Et puis
J'ai bu
Une coupe de champagne
Pour célébrer les soifs à venir
Noyer les désillusions
Partager l'attente
Et pleurer sur les chances perdues
De te rencontrer.

J’ai bercé le rêve scintillant
De laisser mon empreinte dans ta vie
Que tu acceptes de regarder le fleuve
Assis près de moi
Sur le récif qui y fait face
Un sarment de vigne s’enroulerait autour de nos deux corps
Les arbres aux mains mouvantes
Se courberaient
Pour ramasser au sol
Des mots que j’aurais jetés
Par inadvertance
Ou tus
Par nécessité
Je te donnerais à boire le jus fraîchement pressé
Qui panacherait nos sangs
De nos rêves métissés.

A chaque fois que la journée se lève
Sur le côté vide du lit
A chaque fois je sais
Que ma journée sera pourrie
Que je raterai le bus de peu
Que j'aurai oublié mes écouteurs
Que je rentrerai trop tard pour le feuilleton à la télé
A chaque fois que ton côté du lit est vide
La vie se démunit de sa saveur.

Il était assis au bord d'une fenêtre
Je ne reconnaissais que l'objet
Qu'il tenait serré dans sa poche
Et dont on ne voyait que le sommet
Un carquois de cuir brun
Couronné d'un petit canari d'or
Et j'ignorais la raison
Pour laquelle il l'avait emporté
Et pour laquelle il se tenait
Si près du bord

J'eus l'idée d'éteindre le plafonnier
Et tout disparut
L'oiseau aussi.

Une vague jaillit sur la toile
Et l'envahit
Elle dévoile l'envers du ciel
Une vision de l'invisible
Qui s'établit en plis de feux
Taches, traits de couleurs
Le peintre ouvrier du monde décrit l'innommable
La marée est montée
A empli - jusqu'à ne plus être contenue
Et s'est déversée en strates diaprées
Dans l'espace
Organisant le monde de l'envers et de l'innommable

Peintre de l'indicible
Tu répands en pigments enluminés les cris du monde
Œil du caché

C'est alors que la voie tracée par la carnation des dieux
Prend la forme des cris irrépressibles de la misère du monde.

Des rivières où les mots en devenir
Seraient d'innombrables poissons
Saisissant au passage une miette abandonnée
Le fort courant les agglutinerait aux parois
D'où seul le pêcheur aguerri pourrait les libérer
Il les met négligemment dans sa musette
Pour les revisiter
Une fois de retour au logis
Et s'apercevoir
Que sa guinguette de fortune enfermait des promesses
Mal tenues
Parfois non tenues
Le flot les emporte
Comme la vie nous porte
Dans l'interminable courant des cieux.

Les oiseaux déroulent le parchemin des jours
Bobine tombée du ciel
A l’autre bout de la pièce
Exposant les désirs cachés d’un dieu
Que nos regards n’éteignent pas

Ils repartent à la nuit tombée
Le tapis des espérances enroulé sous leurs ailes
Exposant aux étoiles l’aspiration des hommes
Et l’enfouissent dans l’horizon
Là où se mêlent les rêves des marins
Là où la marée les grignotera
Pour en rapporter des vagues
Au bord des plages
Que les enfants mettront dans leurs seaux
Pour en faire des châteaux.

Ma vie est un écho
Embusqué entre les pierres
D'où sortira le cri
Aposté dans des profondeurs hadales

Je consens à refaire le chemin inverse
Jusqu'à trouver et déterrer
La source
L'origine
La raison
Perdue
Entre un ciel muselé
Et des pavés glissants
Longeant les chemins bordés de peupliers
Alignés et pétrifiés
A regarder passer les générations

Il me semble que j'ai vécu tant de vies
Sans me soucier des souvenirs des pierres.

J’ai installé la fougère dans le balcon de notre chambre
Unique endroit encore ouvert au ciel
J’y ai déposé la petite table pour t’attendre
Quand nous y prendrons le café du matin
Quand nous pourrons à nouveau nous prendre la main
Quand tu pourras entrer à nouveau dans mon univers
Quand les couronnes des bêtes féroces seront rangées
Et je savoure ces moments uniques à venir
Dans l’arche des petits riens
Qui fait de la vie un banquet.

J'ai froissé mon ambition
Sciemment
J'ai déchiré mes désirs
Volontairement
J'ai roulé mes avenirs
En bobines serrées
Et ai déposé aux vautours
Mes rêves
J'ai constaté après que mon corps avait rétréci
Car il n'abritait plus rien qu'un vide.

Je bois
En compagnie de moi-même

Je lève mon verre
A la santé des autres

Et puis
Après
J'ai muselé ma voix
Combien en restera-t-il
Des autres
Après l'ouragan.

Des doigts géants planent au-dessus du sol

Seul sur son chemin
L'homme s'abandonne encore
A ses souvenirs
Ses plaisirs
Ses envies et désirs
Sans s'apercevoir
Que les doigts crochus se sont rapprochés
Que le bruit de la ville s'est éteint
L'heure est arrivée
L'heure arrive toujours dans le silence de la terre
De la couronne surgira un feu géant
Qui embrasera les fils
Les fils ténus de l'espoir
L'enfant est épargné
Le vieux assassiné.

Des paires d'yeux ouverts
Beaux
Clairs
Transparents
Ces yeux témoignent
De ce que les autres n'ont pas réussi à corrompre
A salir
A démolir
Leurs yeux sont notre avenir
Leurs regards cherchent un chemin
Vers des cimes lointaines
Pour nous conduire
Vers le recommencement de la lune
La renaissance
Le matin cherchant son soleil
A pas de velours
Le souffle nouveau de l'aube traversant la porte.

Quelle lumière quand l'enfant paraît
Au bout d'un chemin
Bordé de bonheur et de sang
De promesses
Combien les cicatrices se vivifient
Se ravivent
Faisant en nous croître
Le chant des sirènes

Quand l'enfant naît
Dans la clarté des sources
Son regard est le sceau
D'un pacte millénaire
Qu'il déclare tenir
Et le reste dira.

La vie naissante
Jaillissant
Comme un geyser
Vous éclate à la face
Cette promesse-là
Est infinie
Elle se répète à l’infini
Et nous y croyons à l’infini
Le petit être porteur de serments
De vie
De paix
D’amour
De réconciliation
Pour toujours

Et crois-le aussi.

Tour à tour
Les deux fillettes sautent
Au-dessus des flaques de pluie
Entre les herbes sauvages
Longeant la berge tortueuse

Les deux fillettes ne songent pas
Que la rivière se jettera
Dans le fleuve
Qui rejoindra la mer

Que feront-elles alors
Elles ne le savent pas
Mais elles ne savent pas non plus
Que les fleuves vont à la mer
Comme elles à la mort

Les boucles aux vents
Et les pieds nus
Elles courent
Elles prononcent des mots tranchants
Aussi piquants que l'aiguille
Elles courent
Elles ne savent pas qu'elles font saigner
Le cœur des vieux
Des passants
Fascinés par leur beauté.

Maintes fois je lui suggérais
De fermer la porte
De rester
De demeurer
Dans le cœur du foyer
Mais il regardait au-dehors
Les yeux mouchetés d'envie

Au dehors la rue ne s'entendait pas
Effrayante par le silence qui faisait résonner
Les pas des quelques passants entêtés
Et comme on souffle sur une tige de pissenlit
Il rejeta ma demande
Et les graines s'envolèrent

Le feu de la liberté
Rongeait les cortèges d'oiseaux
Qui habitaient sa poitrine
Plus bruyants que le torrent
Il ouvrit la porte vers la peur qui le prenait
Et s'en alla.

Elle était au centre de la pièce
Je l'observais à travers la serrure
Elle brandissait des morceaux de papier
Avant de les déchirer
Et de les regarder s'éparpiller
Sur le parquet
Elle marmonnait des phrases
Que je ne comprenais pas

Soudain
Quelqu'un que je n'avais pas vu
Surgit
Et l'emmena
Mais l'angle de la serrure
A travers laquelle je regardais
Ne me permit pas de savoir où

Je me relevais
Ils étaient là
Et c'est moi que la serrure aspira
Pour me reposer au centre de la pièce
Déchirant des papiers vieillis et écornés
Que je répandais sur le sol.

A peine l'aube blanchie
Je me lèverai
Me colorerai le visage
Me mettrai en chemin
Sans autre but que celui de mélanger
Les voies par lesquelles
Tu te mettras à me chercher
Car inévitablement
Tu voudras me retrouver
Je construirai une ville
Où les rues ne se rencontrent pas
Une ville où l'on se perd
Et tu ne me retrouveras pas.

Il couvrit ses oreilles de ses mains
Il n'écouterait plus aux portes
Se jura-t-il soudain
Il valait mieux cheminer dans l'incertain
Peut-être même dans le mensonge
Que de voir dépecer
Le corps majestueux de la vérité
Drapée dans une étoffe
Transparente
Qui laissait découvrir sa peau
Irisée et fine
Les hommes ne reconnaissent pas l'histoire
Quand elle se répète.

Peau
Port
Porter
Portable
Importable
Insupportable

Ils ont été contaminés
Les portes du ciel
Étaient fermées.

Quand par le hublot j'aperçus
La terre
Avec ses touffes d'herbes
Ses restes de neige
Et ses traces de nuages
Qui semblaient esquisser un tableau
J'eus le sentiment
D'avoir échappé à une catastrophe
Le ciel nous suivait sans cesse
Les nuages menaçaient notre chute

J'ai pensé que nous pouvions mourir

La suspension ne me réussit guère
Continuons.

Ce ne seront pas ceux qui ont abusé qui partiront
Ni ceux qui ont outrepassé l'inacceptable qui s'en iront
Car ceux qui ont cru en l'homme ont été happés
Ceux qui ont espéré ont été volés
Ceux qui ont donné ont été enlevés
La terre l'heure la girouette
Ont tourné

Et nous sommes là désormais

Recommençons du nouveau
Pour que demain
Après une nuit noire mais féconde
Le matin s'élève en souriant
Sur les silhouettes endormies
Et que nous soyons sur le pas de la porte à boire le lait frais
Dans des gobelets de laiton.

Cratère
Abîme immense où sont décomptées les vies
Qui se mélangent sans distinction
Et dehors
Dehors
Tout se tait
Au loin est-ce la mer qui gronde ainsi
A la cadence d'une fanfare

En haut du ciel
Dieu regarde
Il contemple la terre
Témoin d'une effroyable chute
Celle de l'homme dont il a fait le maître de l'univers
Serait-ce le moment de dépecer Atlas
Bientôt
Demain peut-être
Tout finira
Tout recommencera pour Dieu.

C’est toi que je regarde
Ramure de l’arbre qui naîtra
Nourri d’une sève d’espoir
Qui peut être nourrira
Le cœur qui s’enflamme
Et moi
Dans l’ombre d’une croisée
Je t’aperçois
Je veux te donner la main mais la vitre est de bois
Je veux m’enfuir
Et la fenêtre est d’étain
Je veux t’embrasser
Mais l’espace est opaque

Nous rencontrerons-nous jamais ?

Un après-midi de printemps

Vent léger que je devine dans les arbres
Ciel qui se grise
Volent et tombent au sol
Des petits mots écrits à la hâte
Sans parvenir à leurs destinataires

Quel doux bruit que celui de l'écho des pas dans la rue déserte
De celui qui s'est échappé
Qui s'aventure
Qui arrivera peut-être
Avant que ne le désigne
Le doigt
Pour l'épingler dans la torpeur.

Quand le regard se fige sur soi
Dans le trou du miroir
Et décuple les pensées
Dans le noir
Les promeneurs masqués avancent
Dans la rue
Et personne n'a frappé à la porte
Seule
Dans le murmure
Des multiples pensées
Qui surgissent
Comme aurait surgi
Une colombe d'un chapeau
Souvenirs et rêves mêlés
Regrets et résolutions
Dans un élan solitaire
Face à la chaise vide
Au couvert déserté
Et dehors
Le ciel
Tapis mouvant pour les essaims d'oiseaux
Libres.

Je vous ai vu cher Maitre
Lire
Dans le carnet de mon isolement
Et rire
Je vous ai vu
Surplombant les monts et les mers
Secouant les filaments
-Nos fils-
Nous reliant au firmament
J'ai d'abord voulu crier et demander de l'aide
Mais au rictus imperceptible de vos lèvres
Je me suis ravisée
Crier
Oui
Pas pour vous appeler
Mais pour vous rappeler à l'ordre
Cher Maitre
Que feriez-vous de toutes ces merveilles du monde
Que feriez-vous dans le silence des mers
Et l'éternité des montagnes
Que feriez-vous si l'homme était anéanti
Dites-moi ces longues journées d'été
Dites-moi ces longues nuits d'hiver
Et personne pour pousser les portes des lieux interdits
Pas une âme pour proférer des blasphèmes
Plus rien à inscrire sur vos lourds carnets de voyage.

Voyages immobiles
Couronnés d'écumes
Vers des lieux altiers
Que personne ne franchit

Amphore du silence
Qui se déverse comme l'averse
Sur la face d'un étang

J'entends venir à moi
Le bruit arrondi des roues
Litanie à peine entamée
D'une aventure inassouvie
Quand elle réveille le matin
Avec la blanche espérance du départ
Et que les vagues t'assènent de demeurer
Là où les sentiers sont verdoyants
Là où les arbres rejoignent l'horizon
Où sont les plis d'une jupe
A la corolle convoitée
Ligotée dans des socles engaînés de ciment.

Mettre la clé sous la porte
Et t'en aller
Et où irais-tu
Partout les visages masqués
Emprisonnent les soupirs de la nuit
Partout les vigiles emmaillotés dans leurs fuselages
Rôdent ainsi que des abeilles
Pour sectionner tes élans
Rattraper tes désirs
Et les réduire en poudre
Qu'ils dispersent
Au-dessus des routes.

Étendue brune
Rien ne pousse sur ce champ
Tout près le murmure devenu macabre
D'une source d'eau qui coule

Roulent les éclats de lutte
Anges, qu'avez-vous fait de mon père ?
Triomphants vous l'avez tiré à vous
Et nous pauvres de nous
A poursuivre seuls sur le sentier
Un labeur
Sans la lueur de son rayon
Entendrez-vous dans notre douleur
Les paroles de ce seigneur
Blessé
Mais irradiant

Les mots que nous disons
Se noient dans nos yeux larmoyants.

Mon fils je t'en prie
Ne meurs pas avant ta mort
Fais que toutes tes fibres vibrent
Au son de la vérité tout entière
Fais que chaque mot
Qui n'est pas dit
Constitue la mort
D'un dieu
Chaque vérité qui est étouffée
Aille rejoindre les statues
Qu'ils croient ne pas pouvoir faire tomber
Mais elles tomberont
Alors fais en sorte qu'elles tombent par ta témérité
Qu'elles tombent parce que tu as jeté les étoffes qui les cachaient
Fais que tu les casses
Toi
N'attends pas
Ne meurs pas avant ta mort
Crie les choses que les autres ne veulent pas entendre
Révèle les choses que les autres cachent
Et toutes les âmes errantes dans le ciel gris
Attendent que tu leur rendes leur dignité
Elles t'attendent
Toi
N'attends pas.

Structures éditoriales du groupe L'Harmattan

L'Harmattan Italie
Via degli Artisti, 15
10124 Torino
harmattan.italia@gmail.com

L'Harmattan Hongrie
Kossuth l. u. 14-16.
1053 Budapest
harmattan@harmattan.hu

L'Harmattan Sénégal
10 VDN en face Mermoz
BP 45034 Dakar-Fann
senharmattan@gmail.com

L'Harmattan Cameroun
TSINGA/FECAFOOT
BP 11486 Yaoundé
inkoukam@gmail.com

L'Harmattan Burkina Faso
Achille Somé – tengnule@hotmail.fr

L'Harmattan Guinée
Almamya, rue KA 028 OKB Agency
BP 3470 Conakry
harmattanguinee@yahoo.fr

L'Harmattan RDC
185, avenue Nyangwe
Commune de Lingwala – Kinshasa
matangilamusadila@yahoo.fr

L'Harmattan Congo
67, boulevard Denis-Sassou-N'Guesso
BP 2874 Brazzaville
harmattan.congo@yahoo.fr

L'Harmattan Mali
Sirakoro-Meguetana V31
Bamako
syllaka@yahoo.fr

L'Harmattan Togo
Djidjole – Lomé
Maison Amela
face EPP BATOME
ddamela@aol.com

L'Harmattan Côte d'Ivoire
Résidence Karl – Cité des Arts
Abidjan-Cocody
03 BP 1588 Abidjan
espace_harmattan.ci@hotmail.fr

L'Harmattan Algérie
22, rue Moulay-Mohamed
31000 Oran
info2@harmattan-algerie.com

L'Harmattan Maroc
5, rue Ferrane-Kouicha, Talaâ-Elkbira
Chrableyine, Fès-Médine
30000 Fès
harmattan.maroc@gmail.com

Nos librairies en France

Librairie internationale
16, rue des Écoles – 75005 Paris
librairie.internationale@harmattan.fr
01 40 46 79 11
www.librairieharmattan.com

Librairie l'Espace Harmattan
21 bis, rue des Écoles – 75005 Paris
librairie.espace@harmattan.fr
01 43 29 49 42

Lib. sciences humaines & histoire
21, rue des Écoles – 75005 Paris
librairie.sh@harmattan.fr
01 46 34 13 71
www.librairieharmattansh.com

Lib. Méditerranée & Moyen-Orient
7, rue des Carmes – 75005 Paris
librairie.mediterranee@harmattan.fr
01 43 29 71 15

Librairie Le Lucernaire
53, rue Notre-Dame-des-Champs – 75006 Paris
librairie@lucernaire.fr
01 42 22 67 13